LE
BOUQUET DE VIOLETTES,

OU

LA RÉUNION DES BRAVES

AU CAFÉ MONTANSIER;

Recueil de Couplets, Strophes, Hymnes, Odes et autres Morceaux de Poésie,

Publié par Pradel, vieux Soldat.

SECONDE ÉDITION.

A PARIS,

Chez les Marchands de Nouveautés.

1815.

COUPLETS A NAPOLÉON.

AIR de chasse.

FRANÇAIS ! nous sommes tous des frères ;
Notre père est Napoléon,
Ton ton, ton ton, tontaine, ton ton ;
Nous n'arborons que les bannières
De l'honneur et de la raison,
Ton ton, tontaine, ton ton.

Les Français n'aiment que les braves,
Ils abhorrent la trahison,
Ton ton, etc.,
Et trop fiers, pour vivre en esclaves,
Ils mourraient pour Napoléon,
Ton ton, etc.

Les rois, pour flétrir notre gloire,
Nous imposèrent un Bourbon,
Ton ton, etc. ;
Mais s'ils le placent dans l'histoire,
Dans nos cœurs est Napoléon,
Ton ton, etc.

Nous voulons des lois libérales,
Telles qu'en fit Napoléon,
Ton ton, etc. ;

Mais plus de lois sacerdotales,
Nous n'aimons pas le droit canon,
Ton ton , etc.

Français , l'univers nous contemple,
Soyons la grande nation ,
Ton ton , etc. ;
Aux rois nous donnons pour exemple
Que la force est dans l'union ,
Ton ton , etc.

Jusqu'au bout des deux hémisphères
Les Français porteront leur nom ,
Ton ton , etc. !
De tous les peuples soyons frères ,
Vive à jamais Napoléon !
Ton ton , etc.

Par Jourdain de Darnettal.

CHATEAU-BRILLANT.

AIR : Je loge au quatrième étage.

Un sage habitait la chaumière
Où jadis vivaient ses aïeux;
Près de ce réduit solitaire
S'élevait un château pompeux.
Ami de la simple nature ,
Ce sage répétait souvent :
J'aime les bois et la verdure ,
Mais je hais ce château brillant.

Chercher les honneurs par l'intrigue ,
De la raison fuyant la loi ;
Crier un jour vive la ligue ,
Le lendemain vive le roi ;
Sans y croire , vanter l'église ,
Tourner toujours au gré du vent :
Ce fut , c'est encor la devise
Des hommes à château brillant.

Possédant un riche apanage ,
Quoi ! Français , les hommes auront
Le droit d'arracher au courage
Les lauriers qui ceignent son front !
Oui , car dans le siècle où nous sommes ,
Pour prouver qu'un prince vaillant
N'était que le dernier des hommes ,
Il ne faut qu'un Château-Brillant.

Par DAUPHIN.

BRELAN DE VALETS,

o u

BRELAN D'AS.

AIR de la mère Camus.

Moi je chant' Napoléon ,
Dont l'histoire
Fait notr' gloire ;
C'est ç'tila qu'est un luron
Entre la poudre et le canon.

Ce grand guerrier, gn'y a point de doute,
N'aura jamais d'attaqu' de goutte ;
Pour ça faut, l'hiver comm' l'été,
Boire la goutte à sa santé.
    Moi, je chant', etc.

I' n' va pas, la journée entière,
Perdr' tout son temps à la prière ;
Et s'il pri' Dieu quelques instans,
C'est pour nous, c'est pour ses enfans.
    Moi, je chant', etc.

On n' le voit pas prendr' pour ministres
D' vrais ignorans, de nobles cuistres,
Comme Damas, Duras, Blacas,
Brelan d' valets, ou brelan d'as.
    Moi, je chant', etc.

Comm' ce prince aux mains indiscrètes,
Il n'arrache point d'épaulettes ;
Tout l' contrair', dans les combats
Il en donn' à nos brav' soldats.
    Moi, je chant', etc.

La fleur d' lis était trop commune,
Il nous rend deux fleurs au lieu d'une ;
Et nous d'vons à c' fameux guerrier
La *violette* et le *laurier*.

    Moi, je chant' Napoléon,
      Dont l'histoire

Fait not' gloire ;
C'est ç'tila qu'est un luron
Entre la poudre et le canon.

Par PRADEL , vieux soldat.

~~~~~~

A LA GLOIRE IMMORTELLE

DE NAPOLÉON-LE-GRAND.

Chanté au théâtre des Variétés , le 21 mars 1815.

AIR : Époux imprudent, fils rebelle (de M. Guillaume).

HÉROS célèbre dans l'histoire !
Chef sublime ! illustre soldat !
Aussi grand après la victoire
Qu'habile pendant le combat :
Héros plus digne de mémoire
Que héros ait jamais été !
Tu nous fais jouir de la gloire ,
Jouis de l'immortalité.

Qu'à jamais soient impérissables
Son nom et ses brillans exploits ;
Que l'airain apprête ses tables ,
Et la déesse ses cent voix :
Pour faire chérir la mémoire
D'un héros justement vanté ,
Vouons son génie à la gloire,
Son nom à l'immortalité.

<div align="right">Par M. ARMAND DE L'ÉPINE.</div>
~~~~~~

SENTIMENS DES FRANÇAIS.

AIR : Si les guerriers sont les soutiens du trône.

Du sort trop long-temps le caprice
De nous éloigna ce héros ,
Qui lui-même , à nos vœux propice ,
S'arracha du milieu des flots.
En vain l'univers s'en étonne ,
Un Dieu puissant veille sur lui ;
Dans nos cœurs il trouve son trône ,
Et nos bras lui servent d'appui.

H***

VIVE NAPOLÉON !

AIR : Cadet-Roussel.

Enfin le voilà de retour ,
Ce prince objet de notre amour ;
Sans combattre , il fait des conquêtes ,
Partout on lui donne des fêtes :
    Na , Na , Napoléon
Vaut bien mieux que le gros Bourbon.

Faut-il rendre un décret pressant ,
Grâce à son esprit transcendant ,
Il n'a pas besoin de grimoire ,
Il attrapp' ça comme une victoire :
    Na , Na , Napoléon , etc.

Il est bon père et bon époux,
Puisqu'avant de rentrer chez nous ,
Il a dit à son p'tit bonhomme :
Tu s'ras toujours le roi de Rome :
   Na , Na , Napoléon , etc.

Marie-Louise , on me l'a dit ,
Arrive et l'on s'en réjouit ;
Ainsi nous allons voir en France
Renaître la paix , l'abondance :
   Na , Na , Napoléon , etc.

Enfin , cet illustre guerrier ,
Qui mainte fois a fait plier
Cette ligue tant menaçante ,
Mérite que partout on chante ,
   A, à , à l'unisson :
Vive à jamais Napoléon !

M. L.

LA VIOLETTE.

AIR : Mon père était pot.

Sur les goûts et sur les couleurs
  En vain chacun discute ;
Aujourd'hui même pour deux fleurs
  S'élève une dispute :
    L'une offre à nos yeux
  Un faible orgueilleux,
  C'est le lis que je traite ;

L'autre a moins d'éclat ,
Plus doux odorat ,
Je peins la violette.

Le lis a pour lui la blancheur ,
Il n'a plus rien du reste ;
La violette a douce odeur ,
Elle est simple et modeste.
Aussi dans Paris ,
Nos braves chéris ,
Tout en faisant goguette ,
Donnent pour surnom ,
A Napoléon ,
Papa la Violette.

C'est la plus aimable des fleurs ,
Son parfum nous inspire ;
Elle met les Bourbons en pleurs ,
Et l'émigré soupire.
On voit nos guerriers
L'unir aux lauriers
Qui couronnent leurs têtes.
Pour mille raisons ,
Mes amis , chantons :
Honneur aux violettes !

Oui , nous avons , grand Empereur ,
Gémi de ton absence ;
Tu fus toujours dans notre cœur ,
Quoique loin de la France.

Depuis près d'un an
Ton peuple t'attend ;
Notre âme est satisfaite,
Tu viens au printemps,
Et tous tes enfans
Cueillent la violette.

J. DESMATINS.

ÇA N'DUR'RA PAS TOUJOURS.

AIR : Un Grenadier bon drille.

J'AI vu les lis en France
Pousser par-ci par-là ;
Mais moi , plein d'espérance ,
J' disais comme cela :
Ça n' dur'ra pas toujours.

Quand l'obscure noblesse ,
Quand les plats calotins
Chantaient, pleins d'allégresse ,
Je chantais ces refrains :
Ça n' dur'ra pas toujours.

Lorsque de la Vendée
L'on flattait les chouans ,
Je disais, à l'armée ,
Tout en grinçant des dents :
Ça n' dur'ra pas toujours.

Je vis un volontaire
Courir sus l'Empereur ;
Je dis : Qu'allez-vous faire ?
Riant de sa fureur :
Ça n' dur'ra pas toujours.

La brillante lumière
Craignait les éteignoirs ;
En fermant ma paupière,
Je disais tous les soirs :
Ça n' dur'ra pas toujours.

Soldats, ornez vos têtes
De vos anciens lauriers ;
Nous savons que vous êtes
Les premiers des guerriers,
Vous le serez toujours.

Divine providence,
Veille sur l'Empereur ;
Tu protèges la France,
Protège son sauveur,
Conserve-le toujours.

Par P., chirurg. de la garde impér.,
chev. de la Lég. d'honneur.

LE CHANT DU RETOUR,

Paroles de M. le chev. Coupé de Saint-Donat, musique de
M. Lelu; chanté sur le théâtre de l'Opéra-Comique, le
25 mars 1815.

AIR de la Sentinelle.

Sur son rocher, dans ses pensers profonds,
Songeant aux maux de notre belle France,
Notre Empereur dit un jour : Je réponds
De son bonheur et de sa délivrance.
 Eh quoi ! de nos nobles guerriers,
 Quoi ! des enfans de la Victoire
 On ose flétrir les lauriers,
 On voudrait obscurcir la gloire !

Un frêle esquif, à la merci des flots,
Revoit encor César et sa fortune.
Port de Fréjus, recevez le héros
Deux fois chez vous ramené par Neptune.
 Accourez tous, braves guerriers,
 Enfans chéris de la Victoire,
 Vengez l'honneur de vos lauriers,
 On veut obscurcir votre gloire.

D'un son bruyant l'air au loin retentit;
Entendez-vous la trompette guerrière?

Le héros marche et la France applaudit;
Ses ennemis rentrent dans la poussière.
   Marchez, invincibles guerriers,
   Marchez, enfans de la Victoire;
   Je vois reverdir vos lauriers,
   Je vois renaître votre gloire.

L'aigle français reprend son vol altier,
Sur nos remparts il vole en assurance :
Qu'apporte-t-il? la paix au monde entier,
Gloire aux soldats et respect à la France.
   Relevez-vous, braves guerriers,
   Marchez, enfans de la Victoire;
   La gloire vous rend vos lauriers,
   Napoléon vous rend la gloire.

LE FAIBLE HOMMAGE.

AIR : Ce que je désire et que j'aime, etc.

Tu veux, ma muse, que je chante
   Napoléon,
Ce héros que rien n'épouvante,
   Napoléon.
Qui de la France est le génie?
   Napoléon.
Qui nous rend l'honneur et la vie?
   Napoléon.

Qui fixa toujours la victoire ?
  Napoléon.
Qui nous conduisit à la gloire ?
  Napoléon.
Qui fit respecter la patrie ?
  Napoléon ;
Et fit fleurir notre industrie ?
  Napoléon.

D'un joug de fer qui nous délivre ?
  Napoléon.
Aux beaux-arts qui toujours se livre ?
  Napoléon.
Du doux repos qui fuit les charmes ?
  Napoléon.
Et qui veut essuyer nos larmes ?
  Napoléon.

Qui sut éteindre l'anarchie ?
  Napoléon.
Qui fait aimer la monarchie ?
  Napoléon.
Privée, hélas ! de ta présence,
  Napoléon,
Que demandait toute la France ?
  Napoléon.

Louis D....

LE RETOUR DU HÉROS.

AIR : La Victoire en chantant.

Quel est dans le midi cet astre tutélaire ?
Au loin il répand la splendeur.
Son orbe lumineux brille sur la frontière ,
Et nous annonce le bonheur.
Tremblez, derniers appuis du trône,
Faibles défenseurs des Bourbons !
Le noble éclat qui l'environne
Vient de frapper nos bataillons.
Soldats, l'Empereur nous appelle ;
Volons à de nouveaux succès !
Vaincre est le prix de notre zèle ,
Mourir n'est rien pour un Français !

Amis , je vous entends ; votre juste murmure
Se plaint d'un indigne repos ;
Et déjà dans vos mains je vois briller l'armure
Qui doit punir d'affreux complots.
L'aigle, dans son essor facile ,
A franchi les monts et les mers ;
Son regard perçant et tranquille
Se repose sur l'univers.
Soldats , etc.

Sur les âpres sommets des rochers de son île ,
O vous , qui suivîtes ses pas !

Dans le sein de Paris on vous offre un asile,
Accourez tous, braves soldats !
La gloire en ce jour vous décore
De ses immuables lauriers ;
La France entière vous honore
Du nom de ses premiers guerriers.
Soldats, l'Empereur nous appelle,
Volons à de nouveaux succès !
Vaincre est le prix de notre zèle,
Mourir n'est rien pour un Français !

Par Méry.

COUPLETS.

AIR : Aussitôt que la lumière.

A présent que la lumière
Ne craint plus un éteignoir,
Et que la valeur guerrière
Ne nous est plus peinte en noir ;
Le cœur rempli d'allégresse,
Et toujours à l'unisson,
Ici que chacun s'empresse
A chanter Napoléon.

Fils chéri de la Victoire,
O le plus grand des mortels,
Pour tes vertus, pour ta gloire,
Nous te devons des autels.

Reçois ici les hommages
Du peuple et des tes guerriers;
Tous les hommes, tous les âges
Te couronnent de lauriers.

Vils ennemis de la France,
Fuyez tous à son aspect :
Voyez comme sa présence
Nous inspire le respect.
Aujourd'hui que la patrie
Connaît votre affreux dessein,
Elle abhorre votre vie
Et vous bannit de son sein.

M. P. chirur. de la Garde, membre
de la Légion d'honneur.

~~~~~~

SUR LA NAISSANCE DU ROI DE ROME.

AIR : Tout comme a fait mon père.

FRANÇAIS, Français,
Le verre en main,
Que ce jour nous rassemble !
Chantons, buvons ensemble,
A la santé du roi Romain ;
Et sa naissance,
Et sa puissance,
Viennent en France
Doubler notre espérance ;
~~~~~~

Or, sus, débouchons nos flacons,
Rions, trinquons, chantons, buvons,
Et répétons dans toutes nos chansons :
Qu'il vive, qu'il prospère,
Tout comme a fait son père !

Il apprendra sur les genoux
D'une mère chérie,
Qu'amour, gloire et patrie,
Ont des attraits puissans pour nous ;
Nouvel Alcide,
De gloire avide,
Prenant pour guide
Son génie intrépide,
On le verra vaillant, dispos,
Dans ses jeux et dans ses travaux,
En vrai héros,
Devancer ses rivaux
Bien loin dans la carrière,
Tout comme a fait son père.

Du sein des périls, des hasards,
Sortant couvert de gloire,
Le fils de la Victoire
Deviendra le soutien des arts ;
Malgré l'envie,
Rendant la vie
A l'industrie,
Aux talens, au génie,
On le verra plus d'une fois,
Dans le temple auguste des lois,

Dicter les droits
Des peuples et des rois,
En maître de la terre ,
Tout comme a fait son père.

Veillant au salut de l'état ,
Fier du nom d'un grand homme,
Ce roi sera dans Rome ,
Et législateur et soldat.
    Si dans sa rage,
    Horde sauvage
    A son courage
    Ose faire un outrage ,
Il ira , comme les Césars ,
Du Capitole au Champ de Mars,
    Bravant les dards ,
Dicter sur les remparts
Ou la paix ou la guerre ,
Tout comme a fait son père.

Imitant le Dieu des héros ,
Ce prince , après la guerre ,
Déposant son tonnerre ,
Chez l'hymen prendra son repos.
    Jeune mortelle ,
    Aimable et belle ,
    Tendre et fidelle ,
    Le fixera près d'elle ;
S'il faut encor, pour le bonheur
De son empire et de son cœur,

A sa valeur
Donner un successeur,
Il le fera, j'espère,
Tout comme a fait son père.

Par ***.

LE RETOUR DE NAPOLÉON.

AIR : J'ai vu la meunière du moulin à vent.

J'AI vu sur nos lauriers flétris
    Pleurer la Victoire ;
Les alliés ont dans Paris
    Souillé notre histoire.
Un jour d'affreuse trahison
Ravit à notre nation
    Et vingt ans de gloire
        Et Napoléon.

Nos exploits étaient oubliés,
    Il fallait voir comme....
Nos fronts étaient humiliés
    Avec le grand homme ;
Mais le sort, vengeant cet affront,
Nous rend avec notre renom
    Et le roi de Rome
        Et Napoléon.

Sans voir couler le sang humain,
    La France charmée

A reconquis son souverain
Et sa renommée.
Heureux jour ! noble émotion !
Français, chantons à l'unisson :
Vive notre armée
Et Napoléon !

Par Augustin.

TRINQUONS.

Au Français si l'on ôte un laurier,
Trinquons ;
Si Berry devient un grand guerrier,
Trinquons ;
S'il devient poli , s'il est aimé des militaires ,
D'un vin capiteux je boirai trente mille verres.
S'il fuit en emportant notre argent,
Trinquons :
Si Napoléon le lui reprend ,
Trinquons.

Si le ruban blanc plaît aux Français ,
Trinquons ;
Si la fleur de lis a du succès ,
Trinquons ;
Si de la donner tous les Bourbons étaient avares ,
Je conviens aussi qu'à présent elles sont bien rares ;
Si tel cuistre en était décoré ,
Trinquons ;

Et si plus d'un âne était titré,
Trinquons.

Si les comédiens sont tous damnés,
Trinquons ;
Si les dévots sont moins obstinés ,
Trinquons ;
Si Châteaubriant n'est pas un célèbre hypocrite,
De son naturel je reconnaîtrai le mérite ;
Si chacun de nous aimait Blacas,
Trinquons ;
Si les calotins ne tremblent pas,
Trinquons.

Par PRADEL , vieux soldat.

COUPLETS.

AIR : Du haut en bas.

NAPOLÉON
Vient de nouveau sauver la France.
Napoléon
Vient illustrer la nation ;
Nous en avons tous l'assurance;
Chantons donc par reconnaissance
Napoléon.

Braves guerriers ,
Vous honorez votre patrie.
Braves guerriers ,
La France vous doit des lauriers.

L'enuemi fuit, chacun s'écrie :
C'est vous qui nous rendez la vie ,
Braves guerriers !

M. P***. , Chirurgien de la Garde ,
Memb. de la Lég. d'Honn.

VOEUX D'UN FRANÇAIS.

AIR de la Ronde de nuit de la garde nationale ,
ou : Le premier pas , etc.

A L'EMPEREUR jurons obéissance ,
Suivons toujours le vœu de son grand cœur ;
Il n'a voulu que le bien de la France ,
Et nous devons l'honneur et l'abondance
A l'Empereur, à l'Empereur.

De l'Empereur l'on verra d'âge en âge
Citer partout la gloire et la valeur.
Que prétends-tu dans ton indigne rage ,
Vil insensé, qui prodiguas l'outrage
A l'Empereur , etc. ?

Tombes et meurs, ennemi de la France ,
Nous connaissons le prix de tes fureurs ;
Baisse ton front sous sa toute-puissance ;
Et si tu veux encor troubler la France ,
Tombes et meurs, etc.

Brave Bertrand , reçois un juste hommage ,
L'honneur français te place au premier rang ;
Ce noble trait d'amour et de courage
Avec ton nom doit passer d'âge en âge ,
Brave Bertrand , etc.

J. D. , officier au 82e. de ligne.

~~~~~~

PENSÉE D'UN GARDE NATIONAL.

AIR de la Sentinelle.

Napoléon dans son exil affreux
Songeait toujours au bonheur de la France ,
Et son retour presque miraculeux
Nous rend l'honneur , la gloire et l'espérance.
   (Un roi faisait notre malheur);
   De tous côtés chacun s'écrie :
     « Nous retrouvons notre Empereur ,
     » Et le sauveur de la patrie ».

<div align="right">Par A.·. Frichot , Caporal de grenadiers
de la sixième légion.</div>

~~~~~~

CHANSON BACHIQUE,

Chantée par des Braves.

AIR : Du myrthe frais et du triste olivier.

Chantons , chantons le héros valeureux,
Dont le retour charme notre existence ;

Livrons nos cœurs aux sentimens joyeux
Que doit inspirer sa présence !
Dans nos transports, produits à l'unisson,
Exprimons-lui nos vœux les plus sincères ;
Et répétons, en élevant nos verres,
Honneur et gloire au grand Napoléon !

Rentrez, rentrez dans vos sombres réduits,
Tristes soutiens d'une race impuissante !...
Faibles sujets, cohorte de proscrits,
Redoutez notre ardeur bouillante.
Dans nôs transports, produits à l'unisson,
Nous exprimons nos vœux les plus sincères,
Et répétons, en élevant nos verres,
Honneur et gloire au Grand Napoléon !...

Viens dans nos bras, triomphe des humains,
Orgueil des rois, héros de la victoire !...
Viens couronner nos plus brillans destins,
Viens illustrer notre mémoire !
Dans nos transports, produits à l'unisson,
Nous t'exprimons nos vœux les plus sincères,
Et répétons, en élevant nos verres,
Honneur et gloire au grand Napoléon !...

Par Maximin BRAUD.

AUX BRAVES.

AIR à faire.

Amis, si vous voulez m'en croire,
Buvons tous à Napoléon ;
Est-il un héros dans l'histoire,
Dont il n'ait éclipsé le nom ?
Et puisqu'enfin la providence
Nous a rendu notre patron ,
Vive à jamais la nation !
Vive le héros de la France !

Puisque notre grand capitaine
Et son aigle nous sont rendus ,
Amis, narguons-nous de la peine,
Désormais nous n'en aurons plus.
Les héros de Rome et de Sparte,
Les Scipions et les Césars
Étaient des héros de hasards
A côté du grand Bonaparte.

HÉRARD DEVILLIERS, anc. milit.

L'HEUREUX RETOUR.

AIR de la mère Camus.

Vive, vive Napoléon !
　　On sait comme
　　Ce grand homme
Vient de remettre à la raison
Les ennemis de son nom.
Pour une occasion si belle ,
Faites éclater votre zèle ,
Et répétez à l'unisson
Le refrain de cette chanson.
Vive, vive, etc.

Peuple Français , sèche tes larmes ,
Tes jours couleront sans alarmes
Tant que sur le trône on verra
Un grand prince qui t'aimera.
Vive , vive , etc.

On nous vantait ce Henri Quatre.
Je conviens qu'il savait se battre ;
Mais il n'eut jamais la valeur
Que possède notre Empereur.
Vive , vive , etc.

Malgré mainte belle promesse
Que nous fit le roi , la noblesse ,

Nous avions conservé l'espoir
Qu'un jour on leur dirait bonsoir.
Vivé , vive , etc.

Nous avons depuis son absence
Souvent désiré sa présence.
Maintenant qu'il est de retour ,
Il faut lui prouver notre amour.
Vive , vive Napoléon !
  On sait comme
  Ce grand homme
Vient de remettre à la raison
Les ennemis de son nom.

Par Duvivier.

L'OFFICIER A LA DEMI-SOLDE.

COMPLAINTE.

AIR : J'arrive à pied de province , ou Manon Giroux.

J'ARRIVE de la Russie
 Le corps tout dolent ;
Là , j'ai trois ans de ma vie
 Vécu froidement.
Quoique tout couvert de gloire ,
 On me loge mal ,
Loin du temple de Mémoire ,
 Près de l'Hôpital.

AIR : Si Pauline est dans l'indigence.

J'espérais, en rentrant en France,
Toucher tout l'argent qui m'est dû ;
Vain espoir, ma chère créance
Semble placée à fonds perdu.
De pleurs j'ai l'œil toujours humide,
Je crains de descendre au tombeau ;
En attendant qu'on me liquide
Mon pauvre corps se fond en eau.

AIR : Pégase est un cheval qui porte.

Dans les bureaux je me présente,
J'offre mes services au roi ;
Un froid commis me représente
Que l'on n'a plus besoin de moi.
— Je suis grenadier, et personne
Ne peut mieux prétendre aux honneurs.
On me repond : Monsieur , l'on donne
Tous les emplois aux *voltigeurs*.

AIR : Mais pas si bête (du pot-pourri de la Vestale).

Pour défendre le prince ,
Des guerriers d'autrefois
Viennent, de leur province ,
S'arracher les emplois.
Près du trône l'on s'empresse ,
Par force l'on veut servir ;
Chacun demande à mourir....
Mais de vieillesse.

AIR du vaudeville de Claudine, ou Aussitôt que la lumière.

Comme ces gens je demande
A mourir pour ce roi-là ;
Mais si je me recommande ,
J'ai quelques droits à cela.
Oui , j'ai raison de poursuivre
Le beau dessein de servir :
C'est pour avoir de quoi vivre
Que je demande à mourir.

AIR : J'ai vu partout dans mes voyages.

J'ai vu partout dans mes voyages
Que par l'intrigue on obtient tout ;
Près des grands de tous les étages,
Le jour, la nuit je suis debout.
J'ai des jambes infatigables ;
Et je me donne , en vérité ,
Un mouvement de tous les diables
Pour avoir de l'activité.

AIR : Des fraises.

La promenade me plaît ,
Mais souvent on s'enrhume ;
Aussi , quand mon tour est fait ,
Dans un coin d'estaminet
Je fume.

AIR : Jeunes filles, jeunes garçons.

Si , dans un moment de loisir ,
En un café je me présente ,

Comme de peu je me contente,
En un instant je sais choisir,
La chose est bientôt faite,
Je ne perds pas mon temps ;
Dans le choix je m'entends,
Sans balancer je prends....
    La gazette.

AIR : La plus belle promenade.

Lorsque dans mes promenades
Je passe au Palais-Royal,
Comme à tous mes camarades
Bien des choses me font mal :
Devant Véry je soupire,
Je lorgne un habit nouveau....
Mais vive l'air qu'on respire
Au soupirail du Caveau.

AIR : Eh ! ma mère, est-ce que j' sais ça ?

J'eus toujours pour le spectacle
Le goût le plus dominant ;
Mais il existe un obstacle,
C'est que l'on paie en entrant.
J'attends, comme on peut le croire
(Ainsi qu'on faisait jadis),
Que, par suite de victoire,
On me le donne *gratis*.

AIR : Verse encor.

    Lorsqu'enfin
La faim, la faim, la faim

Me demande du pain,
J'enrage ;
Et dans ma rage,
Lorsqu'enfin
La faim, la faim, la faim,
Me demande du pain,
Je lui dis : C'est en vain ;
Je suis sans argent,
Sans amis, sans ressource ;
Hume, en attendant,
Tout l'air du restaurant ;
Ce léger repas
Convient fort à ma bourse,
Il est plein d'appas,
Bien qu'il n'engraisse pas.
Lorsqu'enfin
La faim, la faim, etc.

AIR : Ça n' se peut pas.

Au Français donnez la misère,
En lui présentant le bonheur ;
Ne redoutez pas sa colère,
Il souffre tout avec douceur.
Mais, constant dans son inconstance,
Il veut chanter jusqu'au trépas ;
Messieurs, le réduire au silence,
Ça n' se peut pas.

Par M. L. M., lieutenant.

APPEL DU ROI

AUX OFFICIERS A LA DEMI-SOLDE.

AIR : Oh ! le joli repas !
ou du vaudeville de M. Guillaume.

POUR mériter une palme nouvelle,
Braves guerriers, précipitez vos pas ;
Partez, partez, votre roi vous appelle ,
Empressez-vous de voler aux combats.
Pour le servir et marcher à la gloire ,
Il est un moyen peu commun....
Prenez, au lieu du char de la Victoire ,
Le coche de Melun.

Par M. L. M., lieutenant.

IMPRIMERIE DE FAIN, PLACE DE L'ODÉON.